KB250463

나는 가끔 우두커니가 된다

나는 가끔 우두커니가 된다

나는 가끔 우두커니가 된다

천양희 시집

창비

차 례

제3부 ___

제1부

들

올라갈 길이 없고
내려갈 길도 없는 들

그래서
넓이를 가지는 들

가진 것이 그것밖에 없어
더 넓은 들

어제

내가 좋아하는 여울을
나보다 더 좋아하는 왜가리에게 넘겨주고
내가 좋아하는 바람을
나보다 더 좋아하는 바람새에게 넘겨주고

나는 무엇인가
놓고 온 깃이 있는 것만 같아
자꾸 손바닥을 들여다본다

너가 좋아하는 노을을
너보다 더 좋아하는 구름에게 넘겨주고
너가 좋아하는 들판을
너보다 더 좋아하는 바람에게 넘겨주고

너는 어디엔가
두고 온 것이 있는 것만 같아
자꾸 뒤를 돌아다본다

어디쯤에서 우린 돌아오지 않으려나보다

새가 있던 자리

잎인 줄 알았는데 새네

저런 곳에도 앉을 수 있다니

새는 가벼우니까

바람 속에 쉴 수 있으니까

오늘은 눈 뜨고 있어도 하루가 어두워

새가 있는 쪽에 또 눈이 간다

프리다 칼로의 「부서진 기둥」을 보고 있을 때

내 뼈가 자꾸 부서진다

새들은 몇번이나 바닥을 쳐야

하늘에다 발을 옮기는 것일까

비상은 언제나 바닥에서 태어난다

나도 그런 적 있다

작은 것 탐하다 큰 것을 잃었다

한수 앞이 아니라

한치 앞을 못 보았다

얼마를 더 많이 걸어야 인간이 되나*

아직 덜 되어서

언젠가는 더 되려는 것

미완이나 미로 같은 것
노력하는 동안 우리 모두 방황한다
나는 다시 배운다
미로 없는 길 없고 미완 없는 완성도 없다
없으므로 오늘은 눈 뜨고 있어도 하루가 어두워
새가 있는 쪽에 또 눈이 간다

* 밥 딜런의 노래에서.

오래된 나무

소나무들이
성자처럼 서 있다
어떤 것들은
생각하는 것같이
턱을 괴고 있다

몸속에 숨긴
얼음 세포들

나무는 대체로 정신적이다
고고(高高)하고 고고(固固)한 것
아버지가 저랬을 것이다

오래된 나무는 모두 무우수(無憂樹) 같다

아버지 가고
나는 벌써
귀가 순해졌다

바람 몰아쳐도
크게 흔들리지 않겠다

불멸의 명작

누가
바다에 대해 말하라면
나는 바닥부터 말하겠네
바닥 치고 올라간 물길 수직으로 치솟을 때
모래밭에 모로 누워
하늘에 밑줄 친 수평선을 보겠네
수평선을 보다
재미도 의미도 없이 산 사람 하나
소리쳐 부르겠네
부르다 지치면 나는
물결처럼 기우뚱하겠네

누가 또
바다에 대해 다시 말하라면
나는 대책없이
파도는 내 전율이라고 쓰고 말겠네
누구도 받아쓸 수 없는 대하소설 같은 것
정말로 나는

저 활짝 펼친 눈부신 책에
견줄 만한 걸작을 본 적 없노라고 쓰고야 말겠네
왔다갔다 하는 게 인생이라고
물살은 거품 물고 철썩이겠지만
철석같이 믿을 수 있는 건 바다뿐이라고
해안선은 슬며시 일러주겠지만
마침내 나는
밀려오는 감동에 빠지고 말겠네

갈울공원

물끄러미 나무들을 보고 있으면
나무에도 간격이 있다는 걸 알게 될 거야
이 공원이 낙원이 아니라도
마음 들어설 자리쯤은 될 테니
간격 두지 말고 와서 보렴
마들 바람소리 이 근처에 머물 때는
서울의 숨통이라 하였으나
너는 아마 실망할지도 몰라
환멸 없는 환상이 어디 있겠니
새소리 물소리 퍼렇게 달고 있는
나무들이 그래서 시퍼런 진실처럼 보일 수도 있을 거야
진실에도 오류가 있다고
너는 또 말할 테지
그래, 우리는 누구나
오류 속에서 비틀댈 수 있는 사람들이지
환상이 어떻게 우릴 망가뜨리는지는 말하지 않으마
인간으로 살기도 힘들다*는 말도 하지 않으마
세상에는 갈 수도 울 수도 없는 일이 많을 테니

알려주마
나무껍질 두꺼우니
나이테 더욱 깊어질 것이다

* 네루다의 시에서.

바다시인의 고백

그곳에서 이곳까지 바다를 업고 왔다고 그가
말한다 파도처럼 철썩철썩 세상의 귀싸대기
때리며 말한다 끼룩끼룩 말한다 해풍 벗고
온몸으로 힘쓰는 시를 썼으면 좋겠다고 그가 말한다

뻐끔뻐끔 아가미를 벌리듯 물고기처럼 그가
말한다 방파제처럼 단단해진 어둠속에서
잘 때도 눈 뜨고 자는 물고기 눈을 낚아챌
것이라고 말한다 해안을 쓰면서 반대편을
써보려고 수평선을 쫘악 갈라놓을 것이라 그가 말한다

대개 절창이란 자신을 절단낸 뒤에야 오는
것이라고 물결 튀기며 그가 말한다 영감의 순간과
불면의 밤이 같은 세계의 겉과 속이라고 말한다 그를
미치게 하는 건 절벽의 확실성이 아니라 반복되는
파도에 대한 회의라고 그가 말한다

절벽을 바라보며 절망 때문에 울었다고 그가

말한다 울음이 한 사람의 언어라면 침묵도
한 사람의 언어라고 말한다 시퍼런 진실은
울음과 침묵 사이에 있을 것이라고 그가 말한다

그에게 시(詩)는 짐이 아니라 힘이라고 힘주어
말한나 소외와 고독은 자청한 그의 이력이라고
말한다 모든 작품은 자서전이자 반성문이라 그가
말한다 생각해보니 그의 고백이 바로 바닷속에 든
칼날 같은 시다

벽과 문

이 세상에 옛 벽은 없지요
열리면 문이고 닫히면 벽이 되는
오늘이 있을 뿐이지요
새로울 것도 없는 이 사실이
사실은 문제지요
닫아걸고 살기는 열어놓고 살기보다
한결 더 강력한 벽이기 때문이지요
벽만이 벽이 아니라
때론 결벽도 벽이 되고
절벽 또한 벽이지요
절망이 철벽 같을 때
새벽조차 새 벽이 될 때도 없지 않지요
세상에 벽이 많다고 다
낭비벽이 되는 건 아닐 테지요
벽에다 등을 대고 물끄러미 구름을 보다보면
벽처럼 든든한 빽도 없고
허공처럼 큰 문은 없을 듯하지요

이 세상 최고의 일은 벽에다 문을 내는 것*

자, 그럼 열쇠 들어갑니다
벽엔들 문을 못 열까
문엔들 벽이 없을까

* 인도의 선각자 비노바 바베의 말.

공어(空魚) 이야기

어부들이 속이 없다고 나에게 붙여준 이름인데 나는 그 이름이 너무 좋소 빌 공(空)이 얼마나 좋은 거요 공명(空名)하고는 관계가 없소 나는 부지런히 내 속을 비웠소 비우고 비웠더니 속이 다 없어졌소 속없는 나를 골빈 족속이라 착각은 마시오 속이 없다고 얼빠진 건 아니오 얼굴에서 얼을 빼면 굴만 남는 그들과는 다르오 속없는 내가 나는 좋소 어리석게도 좋소 속이 없으니 편하기 그지없소 속있는 속물보다 속없는 내가 나는 좋소 속없는 나를 바다는 슬쩍 받아주고 속빈 놈이라 나무라지도 않소 어부들은 속없는 나를 속없이 좋아하오 자기들을 닮았다나 뭐라나? 속도 속절없이 내려놓고 바다 밑까지 품고 가는 어부들이 나는 한없이 좋소 그들에게 잡혀 수족관에 팔려가도 나는 그들을 어신 매매라 말하고 싶지 않소 누가 나를 속빈 놈이라 비웃는 거요? 모르는 소리 마오 속이 비었으니 얼마나 가벼운지 모른다오 속이 비었다고 참으로 가벼운 존재는 아니오 속없이 사는 내가 나는 대견하오 속없이 사는 건 마음 비우고 사는 것과 다르지 않소 나는 평생 속없는 자로서 간단없이 갈 길 가려 하오

*「나는 공어」의 개작임.

별이 사라진다

나는 1초에 16번 숨쉬는데
별은 1초에 79개씩 사라진다
내 심장은 하루에 10만번 뛰는데
별은 1초에 79개씩 사라진다
죽을 때 빠져나가는 내 무게는 21그램인데
별은 1초에 79개씩 사라진다
나는 1분에 0.5리터 공기를 마시는데
별은 1초에 79개씩 사라진다
내 심성은 7년마다 한번씩 바뀌는데
별은 1초에 79개씩 사라진다
나는 하루에 12번 웃는데
별은 1초에 79개씩 사라진다

별은 세상에 마음이 없어 사라지고
세상에 마음이 있어 사람들은 무섭게 모여든다

진실로 좋다

노을에 물든 서쪽을 보다 든다는 말에
대해 생각해본다 요즘 들어 든다는 말이
진실로 좋다 진실한 사람이 좋은 것처럼
좋다 눈으로 든다는 말보다 마음으로
든다는 말이 좋고 단풍 든다는 말이
시퍼런 신실이란 말이 좋은 것처럼
좋다 노을에 물든 것처럼 좋다

오래된 나무를 보다 진실이란 말에
대해 생각해본다 요즘 들어 진실이란
말이 진실로 좋다 정이 든다는 말이 좋은
것처럼 좋다 진실을 안다는 말보다 진실하게
산다는 말이 좋고 절망해봐야 진실한 삶을
안다는 말이 산에 든다는 말이 좋은 것처럼
좋다 나무그늘에 든 것처럼 좋다

나는 세상에 든 것이 좋아
진실을 무릎 위에 길게 뉘었다

사라진 것들의 목록

골목이 사라졌다 골목 앞 라디오 수리점
사라지고 방범대원 딱딱이 소리
사라졌다 가로등 옆 육교 사라지고 파출소
뒷길 구멍가게 사라졌다 목화솜 타던
이불집 사라지고 서울 와서 늙은 목포댁 재봉틀 소리
사라졌다 마당 깊은 집 사라지고 가파른 언덕길도
사라졌다

돌아가는 삼각지 로터리가 사라지고 고전음악실
르네상스 사라지고 술집 석굴암이 사라졌다 귀거래다방
사라지고 동시상영관 아카데미하우스 사라졌다 문화책방
사라지고 굴레방다리 사라졌다 대한늬우스
사라지고 형님 먼저 아우 먼저 광고도
사라졌다

사라진 것들이 왜 이리 많은지 오늘의
뒤켠으로 사라진 것들 거짓말처럼
아무것도 아닌 것처럼 그런데 왜 옛날은

사라지는 게 아니라 스며드는 것일까 어느
끈이 그렇게 길까 우린 언제를 위해 지금을
살고 있는지 잠시 백기를 드는 기분으로
사라진 것들을 생각하네 내가 나에게서
사라진다는 것 누구나 구멍 하나쯤 파고 산다는
것일까 사라진 것처럼 큰 구멍은 없을 것이네

허난설헌을 읽는 밤

"나에게는 세 가지 한이 있으니
여자로 태어난 것과 조선에서 태어난 것
하필이면 김성립의 아내가 된 것이니……"

여자로 태어난 것이
세상이 오그라드는 한이라 하심에
여자로 태어난 나도 오그라들고
조선에서 태어난 것이
스스로 어찌할 수 없는 회의라 하심에
조선의 후예로 태어난 나도 어찌할 수 없고
김성립의 아내가 된 것이
심장을 토해내는 일이라 하심에
누구의 아내가 되었던
내 심장도 함께 토해낼 듯하여

하룻밤 사이에도 겨울이 오고
소낙비 같은 슬픔이 쳐들어와선

이 땅에 여자로 태어나
누구의 아내로 사는 누구라도
허난설헌을 읽는 밤
너무 늦게 마르는 눈물자국이여

활

활이 구부러져 있다

어머니 등이
구부러졌다

구부러져야 멀리
날아가는 활(活)

구부러진 활도
부러질 때가 있으니

마지막
어머니 등이 그러하였다

갑자기

첫 강의 나간 C학관 강의실
참새 한마리가
갑자기
휘익, 들어왔다 나갔다
웬 회오리바람인가
잠시 이리둥절했는데
저 쬐그만 것이
한순간에
정신을 번쩍 들었다 놓았다는 느낌
무슨 발상의 전환처럼 엉뚱했는데
다른 데도 아니고
시창작교실로 뛰어든 것이
나는 예사롭지 않아
곰곰 생각해보는데
시라는 것이
엉뚱하게 역비행도 해야 한다는 건
보란듯이
보여준 것은 아닐까 하고

시인이 시인에게

시인으로 사는 삶의 고통을
백지의 공포라고 말한 시인에게
소외가 길을 만드는지
햇살 속으로 망명하고 싶다던 시인에게
잘못 든 길이 지도를 만든다던 시인에게
운명을 걸지 않았다면 돈도 밥도 안되는 시에
순정을 바치지 않았을 것이라던 시인에게
멱라수에 빠져 죽은
굴원의 굴욕을 생각한다던 시인에게
모래를 게으른 평화라고 말하던 시인에게
먼 눈송이와 가까운 눈송이가 폭설을 이룬다던 시인에게
조용한 일이 고마운 일이라던 시인에게
잠들기 전에 다소간의 눈물을 흘린다던 시인에게
고통은 누구도 대신할 수 없으므로 위대하다던 시인에게

나는 쓴다
울분을 함께 나눠가지면 안되겠습니까?

제2부

나의 처소

말굽소리 사라지고 남은 들길을 옮겨가고 있다
고삐도 없이 안장도 없이
세월 위에 무엇을 얹으려는 듯
오래된 나를 비켜간 풍경들 지우고
말 없는 들에 손을 얹어본다
그까짓 잡풀 같은 거 들풀 같은 거
확 잡아채 멀리 던진다
들판이 아니었으면 바람의 내력을 풀지 못했으리
바람이 내게 풍물(風物) 하나를 가르치고 갔다
눈앞에 수락야산 동쪽 벼랑, 어디가
조금 팽팽해진 것도 같다
마들은 도무지 정상을 모른다
모서리도 벼랑도 없는 들길에 서서
제 키를 그늘로 낮춘 나무를 본다
저 나무는
평생 누워 있던 들이 지루함을 견디다 못해
벌떡 일어선 게 아닐까
일어서서 중심을 고집한 게 아닐까

생각해보니 수직이 없는 들에는 그늘이 빠져 있다
말의 발자국 거기서 끊겨 있다
끊어진 것은 끊어질 수밖에 없는 것이다
나는 들 가운데 우두커니 서 있다
오늘은 내가 번개라도
돌을 쪼개듯 늘을 쪼갤 수는 없다
그러니 들이여, 내가 원한 것은
호곡장(好哭場)인 나의 처소

그자는 시인이다

그는 일생을 쓰면서 탕진했다 탕진도 힘이었다
그 힘으로 피의 문장을 썼다

불꽃 삼키고도 매운 연기 내는
굴뚝의 문장
시뻘건 꽃 피우다 모가지째 툭, 떨어지는
동백의 문장
모천회귀하려다 불귀의 객이 되는
연어의 문장

문장을 들고
두려움과 슬픔을 이기기 위해
쓰고 쓰고 또 쓰는 지독한 짓
문장이란 낭비의 극점에서 완성되는가
말은 뿔처럼 단단해지고
불안은 소리처럼 멀리 퍼진다

뒤져보면 두려움이 슬픔보다 더 두꺼웠다

슬픔은 말하자면 비자금 같은 것인데
슬픔을 저축해둘 걸 그랬어 아이들 듣는데
그런 소리 마라 아이가 자라면 죄도 자라는 것이니
피붙이란 본질적으로 슬픈 것이지

도대체 이놈의 문장은 구속을 담배에 불붙이듯 한다
담배에 불붙이며 중얼거린다

죄를 병처럼 끙끙 앓는 그의 몸은 세찬 바람이다
바람소리에는 운명이 들어 있다 아니 미래의 미지가 들
어 있다

어떻든 간에 그자는 시인이다

성(聖) 고독

고독이 날마다 나를 찾아온다
내가 그토록 고독을 사랑하사
고(苦)와 독(毒)을 밥처럼 먹고 옷처럼 입었더니
어느덧 독고인이 되었다
고독에 몸 바쳐
예순여섯번 허물이 된 내게
허전한 허공에다 낮술 마시게 하고
길게 자기고백하는 뱃고동소리 들려주네
때때로 나는
고동소리를 고통소리로 잘못 읽는다
모든 것은 손을 타면 닳게 마련인데
고독만은 그렇지가 않다 영구불변이다
세상에 좋은 고통은 없고
나쁜 고독도 없는 것인지
나는 지금 공사중인데
고독은 제 온몸으로 성전이 된다

다행이라는 말

환승역 계단에서 그녀를 보았다 팔다리가 뒤틀려 온전한 곳이 한군데도 없어 보이는 그녀와 등에 업힌 아기 그 앞을 지날 때 나는 눈을 감아버렸다 돈을 건넨 적도 없다 나의 섣부른 동정에 내가 머뭇거려 얼른 그곳을 벗어났다 그래서 더 그녀와 아기가 맘에 걸렸고 어떻게 살아가는지 궁금했는데 어느 늦은 밤 그곳을 지나다 또 그녀를 보았다 놀라운 일이 눈앞에 펼쳐졌다 나는 내 눈을 의심했다 그녀가 바닥에서 먼지를 툭툭 털며 천천히 일어났다 아무 일도 없었다는 듯이 흔들리지도 않았다 자, 집에 가자 등에 업힌 아기에게 백년을 참다 터진 말처럼 입을 열었다 가슴에 얹혀 있던 돌덩이 하나가 쿵, 내려앉았다 놀라워라! 배신감보다는 다행이라는 생각이 먼저 들었다 어떻게 그럴 수 있느냐 비난하고 싶지 않았다 멀쩡한 그녀에게 다가가 처음으로 두부 사세요 내 마음을 건넸다 그녀가 자신의 주머니에 내 마음을 받아넣었다 그녀는 집으로 돌아가 따뜻한 밥을 짓고 국을 끓여 아기에게 먹일 것이다 멀어지는 그녀를 바라보며 생각했다 다행이다 정말 다행이다 뼛속까지 서늘하게 하는 말, 다행이다

바다 보아라

자식들에게 바치느라
생의 받침도 놓쳐버린
어머니 밤늦도록
편지 한장 쓰신다
'바다 보아라'
받아보다가 바라보다가

바닥 없는 바다이신
받침 없는 바다이신

어머니 고개를 숙이고 밤늦도록
편지 한장 보내신다
'바다 보아라'
정말 바다가 보고 싶다

시인좌(座)

고(故) 임영조 시인에게

살아서는
산 정상을 제일 먼저 오른다고
자랑하던 그가
하늘도 정상인 줄 알고
제일 먼저 올라갔나

올라가선
허공이 백지인 줄 알고
수많은 별 같은 시 적어놓았나

하늘의 수평이 기울 것 같아
별자리 하나도 축내지 못하나

시곗바늘처럼 떨리는 시인좌 하나

2월은 홀로 걷는 달

헤맨다고 다 방황하는 것은 아니라 생각하며
미아리를 미아처럼 걸었다
기척도 없이 오는 눈발을
빚인 듯 받으며 소리없이 걸었다
무엇에 대해 말하고 싶었으나
말할 수 없어 말없이 걸었다
길이 너무 미끄러워
그래도 낭떠러지는 아니야, 중얼거리며 걸었다
열리면 닫기 어려운 것이
고생문(苦生門)이란 걸 모르고 산 어미같이 걸었다
사람이 괴로운 건 관계 때문이란 말 생각나
지나가는 바람에도 괴로워하며 걸었다
불가능한 것 기대한 게 잘못이었나 후회하다
서쪽을 오래 바라보며 걸었다
오늘 내 발자국은 마침내 뒷사람의
길이 된다는 말 곱씹으며 걸었다

나의 진짜 주소는

집이 아니라 길인가?
길에게 물으며 홀로 걸었다

새는 너를 눈뜨게 하고

이른 새벽
도도새가 울고 바람에 가지들이 휘어진다
새가 울었을 뿐인데 숲이 다 흔들 한다
알을 깨고 한 세계가 터지려나보다
너는 알지 몰라
태어나려는 자는 무엇을 펼쳐서 한 세계를 받는다는 것
두근거리는 두려움이 너의 세계라는 것
생각해야 되겠지
일과 일에 거침이 없다면 모퉁이도 없겠지
이 세상에서 가장 어려운 건 사는 일이라고
저 나무들도 잎잎이 나부낀다
어제는 내가 나무의 말을 들었지
사람은 나뭇잎과도 같은 것
잎새 한자리도 안 잊어버리려고
감미로운 숲의 무관심을 향하여 새들은 우는 거지
알겠지 지금
무엇이 너를 눈뜨게 하고
지금 무슨 일이 일어나는지

불편한 진실

진실이란 말
참, 나무처럼 시퍼렇지요
시퍼러면 뭐하겠노
새빨간 거짓이 판치니까
입이 너무 많은 세상이
나 새빨갛게 보이제
그래도 거짓한테는
진실만큼 좋은 선생이 어딨겠노
친구는 거듭 말하지만
오늘은 진실에도 오류가 있다는 말
하지 않기로 한다

어느날 내가
읽고 있던 『시와 진실』 책갈을 덮을 때
나에게 남은 불편한 진실은
나도 이따금 시퍼렇게 질린다는 것이다

거짓의 모서리가 불편해
나는 둥근 진실에 항복했다

참 좋은 말

내 몸에서 가장 강한 것은 혀
한잎의 혀로
참, 좋은 말을 쓴다

미소를 한 육백개나 가지고 싶다는 말
네가 웃는 것으로 세상 끝났으면 좋겠다는 말
오늘 죽을 사람처럼 사랑하라는 말

내 마음에서 가장 강한 것은 슬픔
한줄기의 슬픔으로
참, 좋은 말의 힘이 된다

바닥이 없다면 하늘도 없다는 말
물방울 작지만 큰 그릇 채운다는 말
짧은 노래는 후렴이 없다는 말

세상에서 가장 강한 것은 말
한송이의 말로

참, 좋은 말을 꽃피운다

세상에서 가장 먼 길은 머리에서 가슴까지 가는 길이란 말
사라지는 것들은 뒤에 여백을 남긴다는 말
옛날은 가는 것이 아니라 이렇게 자꾸 온다는 말

기차를 기다리며

기차를 기다려보니 알겠다

기다린다는 것이 얼마나 긴 길인지

얼마나 서러운 평생의 평행선인지

기차를 기다려보니 알겠다

기차역은 또 얼마나 긴 기차를 밀었는지

철길은 저렇게 기차를 견디느라 말이 없고

기차는 또 누구의 생에 시동을 걸었는지 덜컹거린다

기차를 기다려보니 알겠다

기차를 기다리는 일이

기차만의 일이 아니라는 걸

돌이킬 수 없는 시간이며 쏘아버린 화살이며 내뱉은 말이

지나간 기차처럼 지나가버린다

기차는 영원한 디아스포라, 정처가 없다

기차를 기다려보니 알겠다

세상에는 얼마나 많은 기차역이 있는지

얼마나 많은 기차역을 지나간 기차인지

얼마나 많은 기차를 지나친 나였는지

한번도 내 것인 적 없는 것들이여

내가 다 지나갈 때까지
지나간 기차가 나를 깨운다
기차를 기다리는 건
수없이 기차역을 뒤에 둔다는 것
한순간에 기적처럼 백년을 살아버리는 것
기차를 기다려보니 알겠다
기차도 기차역을 지나치기 쉽다는 걸
기차역에 머물기도 쉽지 않다는 걸

거꾸로 읽는 법

하루가 길게 저물 때
세상이 거꾸로 돌아갈 때
무슨 말이든
거꾸로 읽는 버릇이 내게는 있다

정치를 치정으로 정부를 부정으로 사설을 설사로
신문을 문신으로 작가를 가작으로 시집을 집시로

거꾸로 읽다보면
하루를 물구나무섰다는 생각이 든다
내 속에 나도 모를 비명이 있는 거다

어제는 어제를 견디느라
잊고 있던 하늘을 올려다보았다
직성(直星) 하나가 나를 내려다본다
넌 아직도
바로 보지 못하는 바보냐, 한다

거꾸로 읽을 때마다
나는 직성이 풀리지 않는다

나도 문득
어느 시인처럼
자유롭게 궤도를 이탈하고 싶었다

웃는 울음

집 어느 구석에서든
울고 싶은 곳이 있어야 한다
가끔씩 어느 방구석에서든 울고 싶은데도
울 곳이 없어
물 틀어놓고 물처럼 울던 때
물을 헤치고 물결처럼 흘러간 울음소리
물소리만 내도 흐느낄 울음은 유일한 나의 방패
아직도 누가 평행선에 서 있다면
서로 실컷 울지 못한 탓이다

집 어느 구석에서든
울고 싶은 곳이 있어야 한다
가끔씩 어느 방구석에든 울고 싶을 때는
소리없이 우는 것 말고
몸에 들어왔다 나가지 않는 울음 말고
웃는 듯 우는 울음 말고

저녁 어스름 같은 긴 울음

폭포처럼 쏟아지는 울음
울음 속으로 도망가고 싶은 울음
집 구석 어디에서든
울 곳이 있어야 한다

겨울 들

마들에 나가
들판 끝 본다
눈 끝의 새 본다

들풀에도 새가 앉네
새는 가벼우니까
들판의 새보다 더 가난한 게 있을까
가난은 가도 가도 가벼운 것
가벼운 것이 들 한쪽 물고
어둔 구름에서 나온 번개같이
날아간다 거침없이
허공이 무서운 줄 알아야 한다고
경고라도 하듯 거침없이

하늘 추워지고 꽃 다 진다
꽃 진 자리에 새울음 남아 있다
저 울음보다
맑은 가난이 또 있을까

허허들판

길을 찾아서 4
명암리 길

밝고도 어두운 것이 무엇이었더라 명암리에 머무는 눈
길이여 길 끝이 나를 당긴다 밝고 어두운 것이 빛만이 아니
다 내 안의 샛길들 뒷길들 명암리는 나를 부추기듯 마음의
구석까지 뭉클해진다 길은 모를수록 새롭고 새 길은 새로
워서 낯설다 낯설게 만나는 바람소리 물소리 그 소리 기막
히다 새삼 놀란다 내 눈길 나에게서 멀어지지 않는다 모르
는 길이 발끝까지 따라온다 나는 생의 명암을 다시 비춘다
비추다가 낯선 길 오래 바라본다 오늘도 길은 밝았다 어두
웠다 하였다 다 늦은 저녁에야 마음의 능선 너머 다른 길에
머문다 언제나 알 수 없는 길 속의 길 우린 헤어지고 또 만
나야 한다 밝고도 어두운 것이 빛뿐일까 소리치며 바람이
지나간다 언제부터 내 안에서 웅크린 길 명암리에 가서 풀
어놓는다

제3부

오래된 농담

회화나무 그늘 몇평 받으려고
언덕길 오르다 늙은 아내가
깊은 숨 몰아쉬며 업어달라 조른다
합환수 가지 끝을 보다
신혼의 첫밤을 기억해낸
늙은 남편이 마지못해 업는다
나무그늘보다 몇평이나 뚱뚱해져선
나, 생각보다 무겁지? 한다
그럼, 무겁지
머리는 돌이지 얼굴은 철판이지 간은 부었지
그러니 무거울 수밖에
굵은 주름이 나이테보다 더 깊어 보였다

굴참나무 열매 몇되 얻으려고
언덕길 오르다 늙은 남편이
깊은 숨 몰아쉬며 업어달라 조른다
열매 가득한 나무 끝을 보다
자식농사 풍성하던 그날을 기억해낸

늙은 아내가 마지못해 업는다
나무열매보다 몇알이나 더 작아져선
나, 생각보다 가볍지? 한다
그럼, 가볍지
머리는 비었지 허파엔 바람 들어갔지 양심은 없지
그러니 가벼울 수밖에
두 눈이 바람 잘 날 없는 가지처럼 더 흔들려 보였다

농담이 나무그늘보다 더더 깊고 서늘했다

입

황닷거미는 입에다 제 알집을 물고 다닌다는데
시크리드 물고기는 입에다 제 새끼를 미소처럼 머금고
있다는데
나는 입으로 온갖 업을 저지르네

말이 망치가 되어 뒤통수를 칠 때
무심한 한마디 말이 입에서 튀어나올 때
입은 얼마나 무서운 구멍인가

흰띠거품벌레는 입에다 울음을 삼킨다는데
황새는 입에 울대가 없어 울지도 못한다는데
나는 입으로 온갖 비명을 내지르네

입이 철문이 되어 침묵할 때
나도 모르는 것을 나도 모르게 고백할 때
입은 얼마나 끔찍한 소용돌이인가

때로 말이 화근이라는 걸 일러주는 입

입에다 말을 새끼처럼 머금고 싶네
말없이 말도 없이

마들시편

상계 계곡 너머
마들로 이사온 지 몇년째
귀울음이 영 멎지 않는다
말이 있던 자리에 들어선 탓이다
들판에 말들이 바람처럼 빠져나가고
그 속에 말의 울음소리 남아 있는 것 보았다
남은 것이 그것뿐일까
추억이나 기억, 전에는 말이었던 것 들이었던 것
이름 또한 흔적이라는 걸 그때야 알았다
박차를 가하려고
나는 오직 말에 애착했을 뿐이다
말의 갈기들 말의 발굽들
이곳에 와 나는 또
말굽소리 들으려고 귀를 세운다
말안장에 지도를 올려놓은 적 있다
더 멀리 더 빨리 달리려고
세계는 또 얼마나 조바심쳤던가
먼 것이 좋아라 옛 말은 서둘러 달려가고

들판은 들의 판을 바꾸어버렸다
마들은 이제 말의 들이 아니다
나는 다시 적는다
이제 마들은 말의 들이 아니다

고독한 사냥꾼

남자국(男子國)이라는 나라에 사냥꾼 마을이 있었는데 그 마을에 여자는 없고 남자만 있었다는구나 사냥만 하고 살았는데 총소리를 허공에 묻고 마을이 울 때 그때가 사냥철이었다는구나 사냥철이 되면 사냥꾼의 기세가 하늘까지 뻗었는데 그땐 온 마을이 텅 비었다는구나 그런데 그 텅 빈 마을에 사냥도 나가지 않고 총만 매만지는 한 사냥꾼이 있었는데 사냥철에 사냥도 하지 않는 게 무슨 사냥꾼이냐고 하면 언젠가 때가 오면 꼭 잡아야 할 짐승이 있다고 했다는구나 그때가 제 사냥철이라고 했는데 어느날 드디어 그때가 왔다는구나 그 사냥꾼은 아무도 모르게 넓은 평원으로 나가 오래오래 지평선을 바라보았는데 몰래 뒤를 밟은 사냥꾼들은 숨을 죽였다는구나 그 사냥꾼이 마침내 그래, 마침내 탕! 무엇인가를 향해 한방 쏘았는데 그랬는데 그 사냥꾼이 죽을힘을 다해 쏜 것은 '적막'이었다는구나 적막이라는 무서운 짐승!

수락산

능선이 먼저 바람을 맞는다 숲 아래 그늘 깊고 소나무 한
자리에 우뚝하다 바위는 언제나 무덤덤 굳센 저것이 부성
(父性)일까 온갖 잡목들 무명초들 어치들 모여 있다 숨은
꽃들 그늘 뒤에 숨어서 피고 박새는 빠르게 둥지를 옮긴다
나도 오늘 나를 옮긴다 너무 오래 걸어온 발이 솔숲에 머문
다 솔바람소리 잠시 나를 당긴다 저 소리는 소나무가 적어
놓은 바람경이다 사람들은 다투듯 산에 들고 물은 무심한
듯 산을 버린다 들고 나는 것이 저 자리밖에 더 있을까 누
구든 빠져드는 무진장계 오늘은 새소리가 명곡 같다 굽은
나무들이 선산을 지킨다고 우선 한곡조 뽑는다 해 지기 전
에 나는 당고개를 넘어야 한다 그걸 넘는다고 당장 마들이
나올까 솔새 날아가다 자리를 바꾼다 도계 가는 길 아직 멀
고 상봉은 높으나 성상이 아니다 붉으러미 산 한번 올려다
본다 마음이 또 정상을 올라갔다 내려온다 산이 가파른 듯
내가 가파르다 삶을 수락하려는 듯 마들을 다 지나고서야
겨우 수락산에 든다

물의 가족

물을 거꾸로 쓰면 룸이고
룸을 뒤집으면 물이 된다고 너가 말했을 때
바다는 거대한 물의 룸이라고 다시 너가 말했을 때

물소리 높아지면 파도가 된다고 말하고 싶었으나
물길 깊어져 수심이 되었다고 말하고 말았다

수평선 바라보다
수평한 세상에서 살고 싶네, 너가 말했을 때
하늘 쳐다보다
땅에서 하늘까지 아직도 수직이네, 다시 말했을 때

경계 없는 것들이 좋다고 말하고 싶었으나
흘러가는 것들이 눈물겹다고 말하고 말았다

누구도 대신할 수 없어 바다는 위대한 것이라고 너가 말
했을 때
바다의 모든 소리는 뒤에 여운을 남긴다고 다시 너가 말

했을 때

마음에도 밀물 썰물이 있다고 말하고 싶었으나
물결에도 들숨 날숨이 있다고 말하고 말았다

소리와 의미가 잘 맞아 철썩이는
우리는
물의 가족

우표 한장 붙여서

꽃 필 때 널 보내고도 나는 살아남아
창 모서리에 든 봄볕을 따다가 우표 한장
붙였다 길을 가다가 우체통이 보이면
마음을 부치고 돌아서려고

내가 나인 것이 너무 무거워서 어제는
몇 정거장을 지나쳤다 내 침묵이 움직이지
않는 네 슬픔 같아 떨어진 후박잎을
우산처럼 쓰고 빗속을 지나간다 저 빗소리로
세상은 여위어가고 미움도 늙어
허리가 굽었다

꽃 질 때 널 잃고도 나는 살아남아
은사시나무 잎사귀처럼 가늘게 떨면서
쓸쓸함이 다른 쓸쓸함을 알아볼 때까지
헐한 내 저녁이 백년처럼 길었다 오늘은
누가 내 속에서 찌륵찌륵 울고 있다

마음이 궁벽해서 새벽을 불렀으나 새벽이
새, 벽이 될 때도 없지 않았다 그럴 때
사랑은 만인의 눈을 뜨게 한 한 사람의
눈먼 자를 생각한다 누가 다른 사람
나만큼 사랑한 적 있나 누가 한 사람을
나보다 더 사랑한 적 있나 말해봐라
우표 한장 붙여서 부친 적 있나

숫자를 세다

숫자를 세는 것은 내 오래된 버릇
술잔을 세고 계단을 세고 날짜를 센다
숫자를 세는 것은 숫자놀음이 아니다
분을 내리고 나를 내리는 또다른 방법이다
이것이 숫자를 세는 나의 변증법이다
숫자를 세다보면
술잔을 내려놓듯 계단을 내려가듯
마음도 따라 내려간다
내가 대학생이던 60년대
아버지는 내게 60년대식으로 말씀하셨다
화가 날 땐 하나에서 열까지 세고
더 화날 땐 백까지 세어봐라
그러면 불같은 화도 내릴 것이니
참는 것이란 마음을 내려놓는 것이다
나는 그때 불과 얼음을 생각했다
그때부터 생긴 숫자를 세는 버릇
세상을 참는 방법이 되었다
오늘도 숫자를 세면서 생각한다

아버지의 방법에 비하면
내 버릇은 얼마나 사소한가

절바위

그 바위를 지나려면
먼저 고개를 숙여야 한다
고개를 들고는 지나갈 수가 없다
고개를 숙이고 지나가면서
나는 그동안 몇번이나 고개를 숙였던가 생각했다
그 생각이 나를 절하게 한다

절이란 고개를 숙이는 것이라고
무릎을 꿇는 것이라고
누가 공손히 말했을 때
정말 그런 줄만 알았다

삼천번쯤 죽어라고 절해본
사람들은 알 것이다
이처럼 무궁하고 무진한 것
이처럼 무량하고 무한한 것
그 앞에선
굳이 절하지 않아도

절로 고개가 숙여지는 법이다
절, 바위 저도 그런 것이다

물음

세번이나 이혼한 마거릿 미드에게
기자들이 왜 또 이혼했느냐고 물었다
그때 그녀가 되물었다
"당신들은 그것만 기억하나
내가 세번이나 뜨겁게 사랑했다는 것은
묻지 않고"

시 쓰는 어려움을 말한 루이스에게
독자들이 왜 하필 시를 쓰느냐고 물었다
그때 그가 되물었다
"왜 당신들은 그것만 묻나
내가 몇번이나 간절히 무지개가 있는
세상에서 살기를 원했다는 것은
묻지 않고"

나의 산수

절에 가면 절하게 되고
바다에 가면 바라보게 된다
절하라고 절이 있고
바라보라고 바다가 있나
절할 때 내 몸은 바닥이 되고
바라볼 때 내 눈은 창문처럼 열린다
나는 창문 밖을 보는데
누군가는 세상을 보고 있다
바닥에 무릎 꿇고 앉아
바닥 모를 바다를 생각한다
나는 몇번이나 땅을 짚고 일어나고
몇번이나 파도 한자락 밀고 당기는데
왜 세상은
푸시맨만 있고 풀맨은 없나
바다에는 그늘이 없고
길에서 절은 절대로 보이지 않나

1분 동안

옛날 영화를 보았다 「아비정전(阿飛正傳)」!

그가 그녀를 찾아와 함께 시계를 보자고
말한다 시계를 보자고? 놀란 그녀가 뭘 원하느냐고
묻는다 원하는 것은 없고 친구가 되어 1분 동안 함께
시계를 봐주면 된다고 한다

그와 그녀는 함께 1분 동안 시계를 본다 그때 그가
말한다 "오늘은 1960년 4월 16일 오후 3시 우린 1분 동안
함께했어 난 잊지 않을 거야 우리 둘만의 소중했던
1분을 이 1분을 지울 수 없어"

이미 그날이 되어버린 시간 앞에서 그녀는
독백한다 "그는 이 1분을 잊겠지만 나는 그를 잊을 수 없
었다"

1분 동안 함께 시계를 바라보던 두 사람
1분은 짧고 여운은 길었다 1분 동안의 여운 때문인지

영화가 끝나고도 나는 일어나지 않았다 그때 문득
비익조라는 새가 생각났다 암수가 각각 날개와
눈이 하나씩이어서 짝을 짓지 않으면 날지 못한다는 새

그와 그녀는 비익조였다 1분 동안 사랑은 위대한 행위이자
기억과 싸우는 격전지라는 걸 그때서야 알았다 1분 동안
놀아보니 나도 단 한 줄의 비익조였다

초록이 새벽같이

모든 소란을 덮고 엎드린 고요
초록은 두꺼운 책처럼
사방을 꽉 잠그고 있다
내가 세상에 와 처음으로 놀란 초록
초록은 내 전율이다
나는 초록에 지는 마음으로 생각에 잠긴다
가난한 사람들이 생각에 잠길 땐
발뒤꿈치를 들고 걸어야 해

앞을 보는 개가
앞 못 보는 사람을 데리고 나무 밑을 지나간다
사람들은 살기 위해 이 도시로 와서
넓고 좁은 길이 너무 많아 자주 길을 잃는다
초록을 오래 외면한 탓이다

초록은 내가 물들고 싶은 서쪽
내 마음 서쪽까지 밀려와
물밀듯 물을 밀듯

너를 밀었던 것인데
진실에도 색이 있다면
초록일 것이라 생각했던 것인데
너는 물들기도 전에 초록을 써버렸다

누가 또 초록을 잘못 쓴 것일까
초록이 새벽같이 굳게 입을 다물고 있다

차이를 말하다

그날 당신은 다르다와 틀리다 사이에는 차이가 있다고
말했지요 당신 생각에는 동의하지 않지만 다르다는 것은
인정한다고도 말했지요 그 말 듣는 날이 얼마였는데 어떤
일이든 절대적 차이가 있는 것은 아니라고 말하다니요 정
도의 차이가 중요한 것이라고 말할 때마다 나는 또 몇번이
나 자기를 낮추는 것과 낮게 사는 것은 다른 것이라 생각했
을까요 고독 위에 우두커니 서 있는 나를 당신은 독락당(獨
樂堂)에 우뚝 세워놓습니다 오늘은 독수정(獨守亭)이 고독
을 지킵니다 처음으로 즐기는 것이 지키는 것과 정도 차이
라고 당신은 말합니다 내 의견에 한 의견을 슬쩍 올려놓고
보아요 그래도 다른 것은 다른 것이고 내 생각 깊은 자리
한 생각 잠시 머뭇거려도 그 자리 다른 것은 다른 것이지요
저 자연스러움과 자유스러움의 차이 그 차이로 차별 없이
당신과 나는 당신과 나를 견뎠겠지요 다르다와 틀리다 사
이에서 한나절을 또 견디겠지요

왜 몰랐을까

사과를 깎다 생각한다 사과!
사과 한알 깎았을 뿐인데
잘못한 일 생각나
그 사과 한번을
깍듯이 못했다는 생각을 한다
미안하다는 사과 한마디가
붉은 사과 한알보다 더 붉다는 것을
나는 왜 몰랐을까
사과 한알의 단맛에 물든 내가
그걸 깜빡 놓쳤다
젊어서는 풋사과처럼
붉은 것이 다 열정인 줄 알았다
붉어지는 내 미안
다시는 그런 일 없어야겠다

제4부

어처구니가 산다

나 먹자고 쌀을 씻나
우두커니 서 있다가
겨우 봄이 간다는 걸 알겠습니다
꽃 다 지니까
세상의 삼고(三苦)가
그야말로 시들시들합니다

나 살자고 못할 짓 했나
우두커니 서 있다가
겨우 봄이 간다는 걸 알겠습니다
잘못 다 뉘우치니까
세상의 삼독(三毒)이
그야말로 욱신욱신합니다

나 이렇게 살아도 되나
우두커니 서 있다가
겨우 봄이 간다는 걸 알겠습니다
욕심 다 버리니까

세상의 삼충(三蟲)이
그야말로 우글우글합니다

오늘밤
전갈자리별 하늘에
여름이 왔음을 알립니다

무서운 시간

어둠이 깃드는 숲에 발걸음 멈추고 서 있으면
기척도 없이 안개가 숨어든다는 생각이 든다

나무의 몸에 가만히 귀를 대보면
작년의 바람소리 거기 박혀 있다는 생각이 든다

바람 속에 얼굴을 묻고 있으면
함께 산다고 같이 가는 것은 아니란 생각이 든다

영산홍 붉은 꽃은 지옥에 가닿는다고
꽃밭에 눈부셔하며 누가 말했다는 생각이 든다

지옥까지 가겠노라고
빛의 소리와 어둠의 끝까지 가겠노라고
누가 대답했을 것이란 생각이 든다

내가 꿈 없는 잠에 들었던 사이
정오의 태양이 이우는 사이

이백년의 세월은 재처럼 내려앉았다는 생각이 든다

별과 꽃이 난만한 밤에
그가 죽었다는 생각이 든다

봄밤은 무서운 시간이란 생각이 든다

한계

새소리 왁자지껄 숲을 깨운다
누워 있던 오솔길이 벌떡 일어서고
놀란 나무들이 가지를 반쯤 공중에 묻고 있다
언제 바람이 다녀가셨나
바위들이 짧게 흔들 한다
한계령이 어디쯤일까
나는 물끄러미 먼 데 산을 본다
먼 것이 있어야 살 수 있다고
누가 터무니없는 말을 했나
먼 것들은 안 돌아오는 길을 떠난 것이다
이제 떠나는 것도
떠나고 싶은 마음보다 흥미가 없다
내 한계에 내가 질렸다
어떤 생을 넘겨도 동어반복이다
언덕길 오르다 말끝을 흐린다
마음아 그만 내려가자

저항

독수리는
바람의 저항이 없으면
날 수가 없고

고래는
물결의 저항이 없으면
뜰 수가 없다

사람은
어떻게 저항해야
살 수가 있나

봄밤

서쪽을 향해 자란다는
측백나무를 생각하다가
북쪽을 향해 봉오리가 솟는다는
목련나무를 생각하다가
안뜰에 심으면 큰 인물이 난다는
회화나무를 생각하다가
새들이 좋아하는
아가위나무를 생각하다가
새가 아니면서 날아다니는
입술박쥐를 생각하다가
새이면서 날지 못하는 거위를 생각하는 봄밤
눈물을 찍어 새를 그린
화가 이징을 생각하다가
한 곡 부를 때마다 모래 한 알 신발에 던져
신이 모래로 가득 차야 노래를 그쳤다는 명창 학산수를
생각하다가
일생 동안 먹을 갈아 구멍낸 벼루가 열 개도 넘었다는
명필 이삼만을 생각하다가

노래를 잘 듣기 위해 자신의 눈을 찌른
악사 사광을 생각하는 봄밤

나, 그만 『무서록(無序錄)』을 읽고 말았네

사라진 계절

사자별자리 자취를 감추자 봄이 갔다
꽃이 피었다고 웃을 수만은 없는 그런 날이었다
문을 닫는 순간 내 안의 무엇인가 쾅, 하고 닫혔다
고통이란 자기를 둘러싼 이해의 껍질이 깨지는 것이었다

전갈자리별 자취를 감추자 여름이 갔다
초록 나무에도 그늘이 짙은 그런 날이었다
종이 위에 생각을 올려놓는 순간 말할 수 없어 나는 침묵
을 썼다
외로움은 내 존재가 피할 수 없이 품은 그늘이었다

노랑발도요새가 자취를 감추자 가을이 갔다
고독이 지쳐 뼈아프게 단풍 드는 그런 날이었다
잃다와 잊다가 같은 말이란 걸 아는 순간 내 속에 피가
졌다
아무것도 없다는 것 그것이 내가 살아남은 유일한 이유
였다

흰꼬리딱새가 자취를 감추자 겨울이 갔다
몸이 있어서 추운 그런 날이었다
안다고 끝나는 게 세상일이 아니란 걸 깨닫는 순간
내 안의 어둠이 쏟아졌다
이 세상에 와서 내가 없는 계절은 없을 것이었다

순서가 없다

늙음도 하나의 가치라고
실패도 하나의 성과라고
어느 시인은
기막힌 말을 하지만

모든 것이 마음먹기에 달렸다고
마음을 잡아야 한다고
어느 선배는
의젓하게 말하지만

마음은 먹어도 먹어도 배고픈 것
마음은 잡아도 잡아도 놓치고 마는 것
너무 고파서 너무 놓쳐서
사랑해를 사냥해로 잘못 읽은 사람도 있다고
나는 말하지만

누구도 대신할 수 없다는 점에서
고통은 위대한 것이라고

슬픔에게는 누구도 이길 수 없다고
다시 어느 시인은
피 같은 말을 하지만

모르는 소리 마라
몸 있을 때까지만 세상이므로*
삶에는 대체로 순서가 없다

시(詩) 통장

시를 쓰니 세상에 빚 갚는 것이고
의지할 시를 자식처럼 키우니 저축 아닌가
그래서 나는 절로 웃음이 난다네
시시시(時視詩) 가득한 통장에
마이너스는 없다네

詩앗 뿌렸으니 세상에 보시하는 것이고
시 한섬 거두었으니 추수한 것 아닌가
그래서 나는 절로 웃음이 난다네
시시시 가득 찬 통장에
마이너스는 없다네

하늘은 모든 것을 가져가고
시라는 씨앗 하나 남겨주었다네
그래서 시 통장에
시인이란 없다네

휘둥그레진 눈

하루에 삼천번쯤 우짖고 우짖음으로 자신을
지키는 새가 있다기에 울음소리로 제 이름
부르는 새가 있다기에 비가 오면 소리도 내지 않는
새가 있다기에 죽을 때 딱 한번 눈 뜨고 죽는
새가 있다기에 한 꽃대에 삼천 송이 꽃을 피우다
히루 만에 죽는 꽃이 있다기에 백년에 단 한번
피는 꽃이 있다기에 고목이 되어서도 썩지 않는
나무가 있다기에 도(道) 나무라 불리는 나무가
있다기에 주둥이가 없어 평생 먹지 못하는
짐승이 있다기에 평생 물 한모금 안 마시는
짐승이 있다기에

나는 눈이 휘둥그레졌다

법정(法頂)이 무소유로 갔을 때도
그렇게 놀라지는 않았다

생각은 강력한 마약

생각은 구름처럼 뿌리가 없다
생각하다 흩어진다
생각이 화근이 된 뒤부터
가끔 생각 없이 하루쯤 지나간다
지나간 것은 지나갈 수밖에 없는 것
생각 어디에 고비가 있는 것도 같다
세상에 생각처럼 강력한 마약이 있을까
생각에 생각을 거듭하는 생각의 중독
생각하다 사람들 깊이 괴로웠으므로 웃음을 고안했고
깊이 생각했으므로 신은 죽었다고 폭탄선언한 사람도 있다
생각을 껌처럼 씹다 뱉고
생각이 우산처럼 폈다 접힐 때
생각 끝에 나는 겨우
백사장에 생각 짧은 치욕을 썼다 지웠다
한줌 모래가 어찌
하루에도 천년을 사는 생각만 할까
생각해보면
나를 살게 한 건 생각 끝에 나온 생각이다

너를 생각한 것이 나를 살렸다 시여!
생각에 기대 시를 생각해내는 밤
생각은 오늘 나의 다짐이니
생각은 나를 따르고 시를 뒤따른다
바닥까지 생각의 허리 구부리고
이제 막 시 한 짐 싣고 갈 시간이다
생각에는 먼 것이 있고
나에게는 생각이 있다

나무에 대한 생각

오래된 나무를 보면
삶 속의 나이테가 보인다
줄기는 줄어들고 뿌리만 깊다
사는 게 이런 거였나 중얼거린다
도대체 뿌리가 어디까지 갔기에
가도 가도 뿌리내리지 못하는지
참을 수 없이 가볍게 살고 싶지만
삶이 덜컥, 뿌리 뽑히는 것 같아
무지하게 겁이 난다
마지막이란 그렇지, 결코 가벼운 일이 아닐 테지

나무 중에서 제일 굽은 나무들도
이름 모를 잡목들도
숲속으로 몸을 들이미는데
시퍼런 참, 나무가
아, 안된다 바람에도 아니 흔들려야 한다
뿌리박고 곧게 서 있을 때 너는 너인 것이다
절대로 굽히지 않는 그게 너 자신인 것이다

첫 꽃

사막만년청풀은 첫 꽃을 피우기 위해
사막에서 몇십년이나 견디는데
연꽃씨앗은 첫 꽃을 피우기 위해
늪에서 몇천년이나 견디는데
사람은 첫 꽃을 피우기 위해
어디서 몇년이나 견뎌야 할까

나는 그것이 궁금하고
꽃은 세상이 궁금해서
첫 꽃을 피운다

자연을 위한 헌사

　자연은 한권의 통사(通史) 같다 볼수록 눈앞이 환해진다
나무는 반성하듯 그늘을 옮기고 바람은 새의 둥지를 낮춘
다 새들이 세상에 와 첫눈을 뜰 때 무엇을 먼저 보았을까
가지 끝에 걸린 바람소리였나 잎새 깨우는 햇살이었나 새
는 또 공중에 가득한 저의 길을 보았을까 숲에서 부산한 날
갯짓이 시작되면 나는 것만이 저들의 일이란 걸 알았을 것
이다

　자연은 신이 쓴 자서전 같다 지나온 길 구불텅해 산바람
이 마을까지 따라온다 나보다도 더 오래 길 위를 헤맨다 헤
매는 누구라도 길을 잃는 것은 아니다 너는 알았구나 어떤
최고봉도 하늘 아래 있다는 걸 알았구나 오늘따라 산세가
더 잘 보인다 낮은 산이라도 봉우리 보여주고 높았다 낮았
다 다시 솟아오른다 정상! 추락할 때마다 우린 정상을 꿈꾸
었지

　자연은 나를 서기(書記)로 만든다 이번 생은 비루해! 반
성문을 쓰게 한다 탈 수만 있다면 저 산 넘고 싶었으나 나

는 나를 겨우 넘었을 뿐이다 능선에 올라 늪 같은 숲 바라
본다 숲은 왜 대낮에도 어둡고 나무는 왜 평생 서 있기만
하는가 해가 지니 산 그림자 깊어진다 산 것들의 바람이 저
처럼 깊어지면 새소리여, 너는 사람에 대해 무엇이라 노래
할까 또 노래할 수 있을까

방편

책을 읽다가 무릎을 친다
밑줄 치는 대신 무릎을 친다
가령 뼈아픈 문장들

(나에게 몸이 없으면 어찌
나에게 어려움이 있겠느냐)

나에게도 몸이 있었나
생각하는 동안
모르게 고개가 푹, 꺾이네
겨우 고개 들고 저녁을 바라보네

(타인의 고통을 바라볼 때는
우리라는 말은 사용해선 안된다)

나에게도 고통이
몸이었던 때가 있었나
울컥, 울음 맺히네

벌써 밤이네 하면서 창문을 닫네

(사랑이란 함께 웃는 것이 아니라
한쪽이 우스워지는 것이다)

나에게도 사랑이 있었나
아연하고 실색하네
나는 이미
무릎을 치고 있는 것이 아니네
나를 치고 있는 것이네

무릎은 내가 칠 수 있는 유일한 방편이네

시는 나의 힘

시힘 동인 시낭송에 가서 시의 힘 얻고
돌아오던 날 힘차게 달리는 지하철에서
모든 힘센 것 중에 시의 힘이 으뜸이지 하다가
한방울의 눈물로 진주를 만드는 게 시라고
아, 눈물만이 희망이지 하다가
침묵에 사다리를 놓는 게 시인이라고
누가 나더러 끝도 없는 그 짓을 왜 하지? 할 때마다
고통은 둘레가 없어 안을 수도 없네 하다가
정신에 절정 없고 몸에 완전이란 없으므로 시작(詩作)이란
시작부터 시인을 포기하는 것이라고
시인이 없어졌을 때 시를 쓰기 시작하는 것이지 하다가
시가 보여주는 것은 마음의 지도인데
누가 나더러 시는 왜 쓰느냐고 다시 물으면
잘 살기 위해서라고 대답할 수 있을까
힘없는 나에게 아, 시만이 힘이지 하다가
자작(自作)나무 밑에 엎드려 나는 오래 일어나지 않았다

구름에 깃들여

누가 내 발에 구름을 달아놓았다
그 위를 두 발이 떠다닌다
발, 어딘가, 구름에 걸려 넘어진다
생(生)이 뜬구름같이 피어오른다 붕붕거린다
이건 터무니없는 낭설이다
나는 놀라서 머뭇거린다
하늘에서 하는 일을 나는 많이 놓쳤다
놓치다니! 이젠 구름 잡는 일이 시들해졌다
이 구름, 지나가면 다시는 돌아오지 않으리라
구름기둥에 기대 다짐하는 나여
이게 오늘 나의 맹세이니
구름은 얼마나 많은 비를
버려서 가벼운가
나는 또 얼마나 많은 나를
감추고 있어서 무거운가
구름에 깃들여
허공 한채 업고 다닌 것이
한 세기가 되있다

옷깃을 여미다

비굴하게 굴다
정신차릴 때
옷깃을 여민다

인파에 휩쓸려
하늘을 잊을 때
옷깃을 여민다

마음이 헐한 몸에
헛것이 덤빌 때
옷깃을 여민다

옷깃을 여미고도
우리는
별에 갈 수 없다

빈 몸으로 별에 다가가기
이숭원

　삶의 가혹함을 체험한 사람만이 별을 제대로 바라볼 수 있다. 안온한 삶에 젖어 있는 사람은 별빛이 건네는 위로를 충분히 체감하지 못한다. 넓은 들을 매일 보는 사람은 들의 가치를 인식하지 못한다. 삶의 벼랑과 비탈, 가파른 협곡을 헤맨 사람이라야 넓은 들을 보고 시원한 해방감을 느낄 수 있다. 올라가는 길과 내려가는 길을 다 지워버리고 수평의 공간에 자족할 때 비로소 들이 지닌 넓이가 자신에게 친숙한 삶의 공간으로 다가오게 된다. 이처럼 대상은 그것을 바라보는 사람의 주관에 의해 여러가지 이미로 신포된다. 사람들은 흔히 대상의 한 면만을 보고 존재의 성질을 규정해 버리지만 사물의 실체를 제대로 인식하려면 표면과 이면을 함께 바라보는 포괄의 눈을 가져야 한다. 이러한 시각은 우리의 삶을 대할 때나 시작품을 대할 때나 다 필요하다.

　천양희의 시는 시와 삶에 대한 묵상으로 가득 차 있다. 그의 의식이 시와 삶을 구분하지 않기 때문에 삶에 대한 사유는 늘 시에 대한 성찰로 이어진다. 그의 사색은 변죽을 울리는 법이 없고 핵심적인 질문을 향해 정면으로 진행한다. 그가 써낸 시작품은 산다는 것은 무엇이며 시란 무엇인가에 대한 진지한 탐색과 성찰의 기록이다. 그의 작품 목록에 꾀꼬리처럼 울려나오는 시, 천부의 재능으로 마음에서 저절로 솟아오르는 시는 거의 없다. 그의 시는 철저하게 단련된 지적 고뇌의 소산이다. 그런 점에서 그는 김소월보다 윤동주에 가깝고, 서정주보다는 김수영에 가깝다.

그런데 탐색과 성찰과 묵상만으로 시가 되는가? 이것이 문제다. 시가 되기 위해서는 시적 형상화의 과정을 거쳐 사색이 시의 문법으로 발효되어야 한다. 탐색과 성찰과 묵상의 순도를 그대로 유지하면서 시의 문법과 융합하기 위해서는 시어와 시형식에 대한 고도의 단련 과정이 필요하다. 천양희 시의 이력 중 마음의 내력과 행로를 비교적 순연한 서정의 구조로 풀어낸 것은 「마음의 수수밭」 계열의 작품이다. 이 시편들은 많은 독자들의 사랑을 받았다. 이번 시집에서 「마음의 수수밭」 계열에 가까운 시는 「수락산」이다. "능선이 먼저 바람을 맞는다 숲 아래 그늘 깊고 소나무 한 자리에 우뚝하다"로 시작하여 "산이 가파른 듯 내가 가파르다 삶을 수락하려는 듯 마들을 다 지나고서야 겨우 수락산에 든다"로 끝나는 이 시의 어법과 구조는 마음의 변화상과 등반 과정을 일치시킨 「마음의 수수밭」과 통하는 점이 많다.

　그러나 시인은 『마음의 수수밭』(1994) 이후 『오래된 골목』(1998), 『너무 많은 입』(2005) 등의 시집을 냈고 이제 5년의 간격을 넘어 새로운 시집을 내는 단계에 있다. 이 시집에서 시인은 마음의 행로를 서정의 양식으로 순연하게 풀어내는 방식에서 벗어나 고민과 묵상을 시의 문법으로 육화시키는 새로운 변용의 방식을 모색하고 있다. 그 모색의 방법론은 대체로 다음 세 가지 양상으로 전환 표출된다.

　첫째는 고선석 형식미를 유지하면서 유사한 시연을 배치하고 결말부에 암시적인 전환의 어구를 제시하는 방법이다. 시집의 앞부분에 나오는 「어제」부터 맨 끝의 작품 「옷깃을 여미다」에 이르기까지 가장 많은 작품들이 이 방법을 즐겨 채용하고 있다. 둘째는 동음이의어처럼 음과 뜻이 다른 말을 병치한다든가 유사한 시어의 음과 뜻을 변용하여 새로운 언어유희의 차원을 열어 보이는 방법이다. 「새가 있던 자리」 「불멸의 명작」 등 대부분이 시편에 활용뒤 이 방법은 시 읽는 재미를 안겨주어 암울한 삶이 풍기는 중압감을 덜어내는 역할을 한다. 셋째는 명상의 연속 상태를 동일한 시어에 의해 시행 걸침(enjambement)의 상태로 배치하여 역시 낭독의 묘미를 안겨주면서 명상의 추상성을 분해시키는 방법이다. 「사라진 것들의 목록」이 이 방법을 집중

적으로 사용했는데,「진실로 좋다」에 나오는 다음과 같은
구절도 대표적인 예로 들 수 있다.

오래된 나무를 보다 진실이란 말에
대해 생각해본다 요즘 들어 진실이란
말이 진실로 좋다 정이 든다는 말이 좋은
것처럼 좋다 진실을 안다는 말보다 진실하게
산다는 말이 좋고 절망해봐야 진실한 삶을
안다는 말이 산에 든다는 말이 좋은 것처럼
좋다 나무그늘에 든 것처럼 좋다

—「진실로 좋다」부분

이 구절에 '좋다'는 말과 '좋은 것처럼 좋다'는 말이 반복
되는데 각각의 시어는 유사한 의미를 드러내면서 한편으로
는 그것이 내포하는 또 하나의 가치를 복합적으로 제시한
다. 즉 "산에 든다는 말"과 "나무그늘에 든 것"이 이미 좋다
고 전제해놓고 진실과 연관된 생각을 열거함으로써 '든다'
는 말과 '진실'이란 말이 서로 어울리는 말이며 그 두 말을
함께 좋아한다는 사실이 설득력을 지닐 수 있도록 어순을
섬세하게 고려하여 시어를 배치하고 있다.
　당연한 말이지만, 이 세 가지 방법은 따로 분리되어 나타
나지 않고 한 편의 작품에 긴밀하게 결합되어 독특한 시적

의장으로 발현된다. 여기서 다른 사람에게는 찾아볼 수 없
는 천양희 시인만의 개성적 화법이 탄생한다. 다음 작품은
그러한 표현방법의 특징을 잘 드러내고 있다.

비굴하게 굴다
정신차릴 때
옷깃을 여민다

인파에 휩쓸려
하늘을 잊을 때
옷깃을 여민다

마음이 헐한 몸에
헛것이 덤빌 때
옷깃을 여민다

옷깃을 여미고도
우리는
별에 갈 수 없다

—「옷깃은 어머니」 전문

　시의 표면 구조는 첫째 방법의 전형에 속하며 둘째 방법

이 부분적으로 병용되었다. "비굴하게 굴다"의 '굴', "헐한 몸에/헛것이 덤빌 때"의 '헐'과 '헛', '헛것'과 '옷깃'이 의도적인 언어유희의 방법으로 배치된 말이다. 1, 2, 3 연에서 세 차례 유사한 사례가 제시되고 '옷깃을 여민다'라는 동일한 시어를 반복하여 세상과의 작은 접촉에도 민감하게 반응하는 시인의 자세를 강조하고 있다. 시인은 비굴하게 사는 것을 무엇보다 꺼리며 세상살이에 휘말리면서도 진정한 가치를 놓치지 않으려고 정신을 가다듬는다. 마음의 경계가 느슨해졌을 때 그 틈을 뚫고 부정한 요소가 끼어들지 않도록 경계한다. 그러한 마음의 엄정한 자세를 '옷깃을 여민다'고 표현하였다. 그런데 이 시의 진정한 묘미는 이러한 형식적 특징보다 마지막 시행의 의외적 돌발성에서 발견된다. 옷깃을 여미고도 우리는 별에 갈 수 없다는 돌올한, 그러나 담담한 선언은 우리의 예상을 깨뜨리는 시적 발화다. 이 마지막 시행은 우리의 생각을 평범한 상식의 차원에서 첨예한 상상의 세계로 이행시킨다.

우리가 아무리 경건하고 엄정한 자세를 취해도 별에 갈 수 없다는 것은 허무의식의 발성처럼 보이기도 한다. 이것의 변형된 발언이 "별은 세상에 마음이 없어 사라지고/세상에 마음이 있어 사람들은 무섭게 모여든다"(「별이 사라진다」)이다. 이처럼 별과 세상은 단절되어 있고 행동양식도 정반대의 지향을 보인다. 지상의 인간과 천상의 별은 격리

되어 있을 뿐만 아니라 화합이 불가능하다. 하늘의 별을 보고 옷깃을 여미는 것이 우리가 할 수 있는 일의 전부다. 그것마저 하지 않는다면 우리는 헛것에 휩싸여 인생을 탕진하게 될 것이다.

플라톤은 모든 것이 완벽한 절대보편의 추상세계를 '이데아'라고 명명하고 자연과 현실은 그것의 모방품에 불과하다고 규정하였다. 일견 관념론자처럼 보이는 플라톤을 유럽 지성사의 첫 장에 올려놓는 것은 플라톤이 보여준 또 하나의 관점 때문이다. 그는 절대의 세계인 이데아에 다가가려는 노력을 기울이는 것이 인간의 특징이고 그러한 도덕적 인간이 이상적 공화국의 주인이 될 수 있다고 생각했다. 이상적 공화국의 일원이 되려면 인간은 동굴의 우상에서 벗어나 세계의 실상, 이데아의 실재를 보려는 노력을 끝없이 기울여야 하는 것이다.

천양희 시인에게 그 노력은 시 쓰는 일이다. 시는 인간에게 최선의 순수성을 지키게 하는 표지이자 절대의 세계로 우리를 이끄는 하늘의 성좌와도 같다. 천상의 별과 동열에 놓일 수 있는 존재가 '불멸의 명작'인 바다다. 이것은 자연의 영역이지만 인간의 문화적 관용어로는 '시'로 번역된다. 시에 대한 엄숙주의와 자연에 대한 경건함은 천양희 시에서 등질적 가치를 지닌다. 그러므로 시인이 바디와 파도를 다음과 같이 예찬하는 것은 우연이 아니다.

누가
바다에 대해 말하라면
나는 바닥부터 말하겠네
바닥 치고 올라간 물길 수직으로 치솟을 때
모래밭에 모로 누워
하늘에 밑줄 친 수평선을 보겠네
수평선을 보다
재미도 의미도 없이 산 사람 하나
소리쳐 부르겠네
부르다 지치면 나는
물결처럼 기우뚱하겠네

누가 또
바다에 대해 다시 말하라면
나는 대책없이
파도는 내 전율이라고 쓰고 말겠네
누구도 받아쓸 수 없는 대하소설 같은 것
정말로 나는
저 활짝 펼친 눈부신 책에
견줄 만한 걸작을 본 적 없노라고 쓰고야 말겠네
왔다갔다 하는 게 인생이라고

물살은 거품 물고 철썩이겠지만
철석같이 믿을 수 있는 건 바다뿐이라고
해안선은 슬며시 일러주겠지만
마침내 나는
밀려오는 감동에 빠지고 말겠네

—「불멸의 명작」 전문

　이 시에도 앞에서 말한 언어유희의 요소가 유감없이 드러나 있다. '바다'와 '바닥', '모래밭'과 '모로 누워', '재미'와 '의미', '견줄 만한'과 '걸작', '물살'과 '물고', '철썩'과 '철석' 능에서 유사한 음과 의미가 교차반복되면서 낭독의 재미를 느끼게 한다. "바닥 치고 올라간 물길 수직으로 치솟"는 바다의 움직임이야말로 바닥에 떨어진 사람들이 모름지기 본받아야 할 장면이다. 파도는 그러한 움직임을 끊임없이 되풀이하니 바다는 전율을 느끼며 읽어야 할 대하소설이요 불멸의 걸작인 것이다. 파도의 부단한 파동은 절대보편의 세계에 닿으려고 끝없이 노력하는 도덕적 인간의 표상이다. 아무리 옷깃을 여며도 별에 닿을 수 없지만 그렇게 옷깃을 여며야 인간으로서의 자존과 기품이 유지되는 것이다. 이것이 금수 육축과 다른 인간의 선험적 특질이다.

　바다와 파도의 몸짓으로 별을 향해 나아가는 일이 곧 시를 쓰는 일이다. 어떤 젊은 시인들은 시가 힘이 된다는 뜻

으로 '시힘' 동인을 결성하기도 했지만 천양희 시인은 시
가 나의 힘이라고 당당히 말하지 않는다. 젊은 시인들의 열
의에서 용기를 얻다가도 시인은 "힘없는 나에게 아, 시만이
힘이지 하다가/자작(自作)나무 밑에 엎드려 나는 오래 일어
나지 않았다"(「시는 나의 힘」)고 고백한다. 그 이유는 무엇인
가? 자신을 누르는 소외와 고독의 강도가 만만치 않다는 것
을 알고 있기 때문이다. 아무리 옷깃을 여며도 별에 도달하
지 못함을 뼈저리게 절감했기 때문이다. 가혹한 생의 고초
가 그의 연약한 마음을 마구 흔들었기 때문이다. 그럼에도
불구하고 시에 기대는 것 외에 다른 방법을 그는 알지 못
한다. 시쓰기만이 세상의 헛것과 싸울 수 있는 그의 유일한
방책이다. 그래서 다른 사람의 예를 들어 시쓰기의 엄정함
에 대해 다음과 같이 노래한다.

대개 절창이란 자신을 절단낸 뒤에야 오는
것이라고 물결 튀기며 그가 말한다 영감의 순간과
불면의 밤이 같은 세계의 겉과 속이라고 말한다 그를
미치게 하는 건 절벽의 확실성이 아니라 반복되는
파도에 대한 회의라고 그가 말한다
—「바다시인의 고백」 부분

불꽃 삼키고도 매운 연기 내는

굴뚝의 문장
시뻘건 꽃 피우다 모가지째 툭, 떨어지는
동백의 문장
모천회귀하려다 불귀의 객이 되는
연어의 문장

문장을 들고
두려움과 슬픔을 이기기 위해
쓰고 쓰고 또 쓰는 지독한 짓
문장이란 낭비의 극점에서 완성되는가
말은 뿔처럼 단단해지고
불안은 소리처럼 멀리 퍼진다

―「그자는 시인이다」 부분

눈물을 찍어 새를 그린
화가 이징을 생각하다가
한 곡 부를 때마다 모래 한 알 신발에 던져
신이 모래로 가득 차야 노래를 그쳤다는 명창 학산수
를 생각하다가
일생 동안 먹을 갈아 구멍낸 벼루가 열 개도 넘었다는
명필 이삼만을 생각하다가
노래를 잘 듣기 위해 자신의 눈을 찌른

악사 사광을 생각하는 봄밤

―「봄밤」부분

　여기 열거된 타인으로 설정된 예술가나 시인의 모습은 모두 그의 분신이다. 시인 자신의 의지와 열정과 고뇌를 남의 이야기인 양 거리를 두고 객관화한 것이다. 자신의 의견이라고 하면 주관적 과장에 해당한다고 몰아세울 사람이 적지 않기에 남의 이야기인 양 에둘러 말하였다. 시의 절대성은 이데아처럼 견고하고 거기 도달하려는 시인의 열망 역시 평상의 수준을 넘어섰지만 시인은 자신이 부러워하는 타인에 대해 이야기하듯 비밀스럽게 속내를 드러냈다.

　처절한 불면의 밤 속에 비로소 기막힌 영감이 찾아온다는 것, 그렇게 자신을 절단낼 수 있을 때 불후의 절창이 탄생한다는 것을 그는 알고 있다. 이것을 잘 알면서도 바닥으로 추락하는 일을 겁내는 비굴함을 그는 참을 수 없어한다. 파도는 바닥을 쳐야 수직으로 상승할 수 있는 것이다. 그가 쓰려는 진정한 시는 대단히 비장 숙연한 것이다. 불꽃을 삼키고 매운 연기를 토해내면서도 의연히 서 있는 굴뚝과 같은 글, 진홍의 꽃잎으로 며칠을 견디다가 온몸으로 떨어져 내리는 동백과 같은 시, 모천회귀하여 처절한 고난의 극점에서 알을 낳고 죽는 연어와 같은 문학을 그는 꿈꾼다. 전설처럼 전해지는 천재 예술가들의 타고난 재능과 그에 못

지않은 처절한 수련의 과정, 예술 창조를 위한 기적 같은 고행의 역정을 떠올리며 현재 자신의 수고로움이 대단치 않다고 자책한다. 이처럼 예술 창조의 고삽함과 신산함을 반복하여 강조하는 것은 그런 절대의 경지에 다가가려는 욕망이 꺼지지 않도록 하려는 가혹한 담금질이다.

그러면 절대 추구의 차원에서 잠시 벗어나 일상의 국면에서 시인이 원하는 것은 무엇인가? 그것은 마음의 짐을 잠시 벗어놓는 것이다. 예컨대「다행이라는 말」을 보면 그가 일상에서 추구하는 것이 무엇인지 감지할 수 있다. 지하철 계단에 뉘블린 불구의 몸으로 동냥을 구하는 아기 업은 여인을 보고 그는 마음이 무거워 어쩔 줄을 모른다. 자신의 삶이 순탄치 않았기에 참혹한 삶을 보면 마음이 먼저 무너지는 것이다. 얼마 후 같은 장소에서 그 여인이 정상이라는 사실을 목격하고 그는 속았다는 느낌 대신 진정으로 다행이라고 생각하며 오히려 감격을 느낀다. 정말 다행이라고 몇번 반복하는 것으로 보아 이것은 한치의 과장이 없는 사실 그대로일 것이다.

이것이 일상의 진실이다. 시인은 새에게 관심이 많은데 그것은 새가 몸이 가벼워서 작은 가지에도 앉을 수 있고 "바람 속에 쉴 수"(「새가 있던 자리」) 있기 때문이다. 텅 빈 것처럼 가벼운 새는 그가 본받고 싶은 존재기에 자꾸 눈길이 간다. 구름 역시 그에게 의미있는 대상이다. 모든 것을 버리고 가볍게 허공을 떠돌기 때문이다. 그러나 나는 "많은 나를/감추고 있어서"(「구름에 깃들여」) 무겁다. 나는 내가 좋아하는 것들을 누군가에게 넘겨주고 공(空)의 상태에 도달하고 싶다. "내가 좋아하는 여울을/나보다 더 좋아하는 왜가리에게 넘겨주고/내가 좋아하는 바람을/나보다 더 좋아하는 바람새에게 넘겨주고"(「어제」) 싶은 것이 그의 속마음이다.

그런데 세상을 사는 것은 버리고 비우는 것이 아니라 몸과 마음 속에 무엇을 자꾸 채워넣는 일이다. 여기서 진실과 현실의 어긋남이 생긴다. 소망과 실제의 충돌이 발생한다. 진정으로 '시퍼런 진실'의 시를 쓰려면 고통이나 상실도 하나의 섭리로 받아들이고 체념에서 위안을 얻어야 한다. 그것이 별에 조금씩 다가가는 일이다. 시인은 그래야 살 수 있는 것이다. 이것이 위안의 길임을 시인은 누구보다 잘 알고 있다.

시인에게 남은 것은 머리로 아는 것을 가슴으로 받아들여 자신의 것으로 체화하는 일이다. '아는 것보다 좋아하는 것이 낫고 좋아하는 것보다 즐기는 것이 낫다'(知之者 不如好之者 好之者 不如樂之者)고 공자는 말했다. 올바른 이치를 아는 단계를 넘어서서 그것을 좋아해서 행동에 옮기고 더 나아가 그것을 몸과 마음으로 즐기는 상태가 되는 것이 최선의 경지라는 것이다. 이것이 어려운 일임을 시인은 누구보다 잘 알고 있다. "세상에서 가장 먼 길은 머리에서 가슴까지 가는 길이란 말"(「참 좋은 말」)이 가장 좋은 말이라고 그는 시에 썼다. 진정으로 그러하리라. 머리의 언어가 가슴에 도달하는 것이 가장 어려운 일일 것이다. 올바른 이치를 스스로 즐기는 상태가 되는 것이 바로 공(空)을 체득하여 진실의 발견에 이르는 길, 별에 다가가는 일일 것이다. 이 황잡한 시대에 천양희의 시는 이러한 진실의 체현을 독특한 형식과 어법으로 선사한다. 이것을 받아들이는 독자들의 마음에 나양한 채색의 파문이 일어나는 소리가 벌써 내 귀에 울러온다.

李崇源 | 문학평론가

누추를 입고 한 시절을 보내고
슬픔을 힘 삼아 시를 가졌다

돌아보니 허울이 허물보다 두껍고 걸어온 발자국이
비뚤비뚤하다
내가 나를 너무 살펴 두 손으로 세상을
받지 못한 탓이다

가파른 나를 살려준 건 시였지만
굽은 마음을 펴게 해준 건 눈물을 아는 벗들이었다
나의 울음터가 되어준 시가 고맙고
정처없는 나를 손잡아준 벗들이 고맙다

나는 가끔 우두커니가 되어
무릎 꿇어야 보이는 작은 것들을 생각한다
간절함이 핏속을 도는 바늘처럼 따갑다

햇빛이 들지 않아 손이 시린 아침
나도 어둠을 벗고 햇살 속으로
망명하고 싶다

세상에서 가장 죄없는 일이
시쓰는 일이라고 아직도 믿으면서.

2011년 1월 수락산 끝자락에서
천양희

창비시선 326

나는 가끔 우두커니가 된다

초판 1쇄 발행 / 2011년 1월 14일
초판 18쇄 발행 / 2025년 11월 24일

지은이 / 천양희
펴낸이 / 염종선
책임편집 / 한진금
펴낸곳 / (주)창비
등록 / 1986년 8월 5일 제85호
주소 / 10881 경기도 파주시 회동길 184
전화 / 031-955-3333
팩시밀리 / 영업 031-955-3399 편집 031-955-3400
홈페이지 / www.changbi.com
전자우편 / lit@changbi.com

ⓒ 천양희 2011
ISBN 978-89-364-2326-1 03810